D0993121

La collection « Cavales » est dirigée
Mireille Messier et Sylvain Rousset

# Une rentrée en clé de sol

# Anne-Marie Fournier

# Une rentrée en clé de sol

roman

collection « Cavales »

L'INTERLIGNE

Catalogage avant publication de la Bibliothèque nationale du Canada

Fournier, Anne-Marie, 1986-
    Une rentrée en clé de sol : roman / Anne-Marie Fournier.

(Cavales)
Pour les jeunes.
ISBN 2-921463-76-8

    I. Titre. II. Collection.

PS8561.O835678R46 2003        jC843'.6        C2003-901196-8
PZ23

Les Éditions L'Interligne
255, chemin de Montréal, bureau 201
Ottawa (Ontario) K1L 6C4
Tél. : (613) 748-0850 ; téléc. : (613) 748-0852
Courriel : livres@interligne.ca

Correction des épreuves : Jacques Côté
Mise en page : APOR

Les Éditions L'Interligne bénéficient de l'appui financier du Conseil des
Arts du Canada, de la Ville d'Ottawa, du ministère du Patrimoine
canadien par l'entremise du PADIÉ et du PICLO et du Conseil des arts
de l'Ontario.

Conseil des Arts du Canada

Ottawa

ONTARIO ARTS COUNCIL
CONSEIL DES ARTS DE L'ONTARIO

Distribution : Diffusion Prologue inc. (1-800-363-2864)

ISBN 2-921463-76-8
© Anne-Marie Fournier et Les Éditions L'Interligne
Dépôt légal : premier trimestre 2003
Bibliothèque nationale du Canada.

*À ma grand-maman Thibodeau,*
*que j'aime beaucoup,*
*et à mes merveilleux parents, France et Noël.*

# Prologue

*La musique retentit dans la pièce. C'est un air de jazz. Ma musique préférée ! Normal, puisque je joue du saxophone. Je tape du pied. J'entends une voix qui semble venir de l'autre côté de la porte. Je l'ignore. La voix se répète...*

Chapitre premier

# En avant la musique

MA mère entre dans ma chambre en coup de vent, un peu impatiente. Elle me fait signe de baisser le son et me dit :

— Martin, téléphone !

Et elle repart aussi vite.

Je sors de mon univers et lève les yeux. Sur les murs de ma chambre, il y a des dizaines d'affiches de mes musiciens de jazz préférés : Louis Armstrong, Kenny G et plusieurs autres. Plus loin, sur mon pupitre, se trouve le téléphone qui attend que je le décroche. J'attrape le combiné en peignant de l'autre main mes cheveux blonds.

— Salut Martin ! C'est Maude !

— Eh ! Bonjour, Maude ; ça va ?

– Oui ! Je vais bien en sainte pinotte ! Te souviens-tu que c'est la rentrée scolaire lundi ?

– Comment veux-tu que j'oublie un jour aussi important ! Zoé me le rappelle depuis deux semaines déjà, dis-je en souriant.

– Ah oui, c'est totalement vrai ! répond Maude.

– Alors est-ce qu'on se rend à l'école tous ensemble, comme à chaque année ?

– Positif, c'est justement pour ça que je t'appelle. Zoé et moi avons convenu de nous rejoindre chez moi ; ça te va ?

– C'est parfait !

– Est-ce que tu vas encore au spectacle annuel des « Talents de familles » ? demande mon amie.

– Bien sûr ! J'ai très hâte. Demain après-midi, c'est la dernière représentation de la saison. J'y vais avec ma sœur et mes parents.

– Amuse-toi bien et on se revoit lundi.

Maude, Zoé et moi sommes amis depuis très longtemps. Nous avons treize ans et demeurons à Vankleek Hill, une petite ville de l'Est ontarien. Maude est une grande rouquine qui adore manger. Elle dit souvent « sainte pinotte », ce qui fait rire bien des gens. Nous admirons son grand enthousiasme et son talent de joueuse de basketball. Zoé veut plus que tout devenir détective. Elle et sa famille sont d'origine haïtienne comme ses longs cheveux noirs et sa peau foncée le prouvent. Seul garçon du groupe, j'adore être avec mes amies, car nous avons tous les trois une passion commune : nous adorons les mystères. Moi, je suis le « penseur » des trois. Et, parfois, je m'amuse à imiter des voix de personnages célèbres. Je joue aussi du saxophone et je suis un mordu de la musique jazz. Comme Maude vient de me le mentionner, demain je vais assister à un super-spectacle ! Le tout se déroule dans la ville voisine et met en vedette des familles talentueuses de la région.

Le lendemain, en me réveillant, je chantonne une pièce connue, j'avale mon dîner, et nous partons enfin pour le spectacle. Rendus là-bas, nous apercevons une grande affiche qui annonce le concert : « Talents de familles » écrit en grosses lettres dorées.

— Je vous laisse ici, nous dit mon père, et je vais trouver un stationnement. Je vous retrouve tout à l'heure.

— Papa, n'oublie pas mes belles lunettes de soleil ! lui crie ma petite sœur Laure.

Ma mère lui prend la main et nous allons nous asseoir juste en face de la plate-forme sur laquelle joueront les musiciens.

La température est idéale, il fait très beau. Nous respirons l'air pur. Papa vient nous rejoindre et la foule est de plus en plus considérable. Encore quelques minutes et le spectacle se met en branle. La représentation débute avec la famille Díaz, originaire du Mexique. Ils nous jouent une pièce typiquement mexicaine, qui fait joyeusement danser Laure. Les membres de la deuxième famille obtiennent toute mon attention à leur arrivée, quand ils annoncent une pièce de jazz. Ma mère me fait un clin d'œil amusé. C'est une famille de trois générations de musiciens. Vraiment, ils sont très doués.

La musique est quelque chose de tellement… « super-extra », comme dirait mon amie Maude. Le spectacle se poursuit sous un soleil toujours brillant et nous retournons à la maison. Je suis content d'être allé voir ce beau concert et j'ai encore plus hâte à la rentrée scolaire pour revoir mon prof de musique et apprendre de nouveaux morceaux de jazz.

Avant d'aller me coucher, je regarde à la télévision une compétition nationale de natation, mon sport préféré. En éteignant l'appareil, je souris en me rappelant que demain, c'est la rentrée ! Nous allons revoir tous nos amis ! Ma jeune sœur Laure, qui a cinq ans, entre dans ma chambre au moment où j'allais éteindre ma lampe.

— Regarde, Martin ! C'est ma nouvelle robe pour aller à l'école, demain ! me dit-elle en tournant sur elle-même.

— Wow ! J'espère que tu auras beaucoup de plaisir à l'école des grands !

Elle me sourit et s'éloigne. Laure adore qu'on la traite comme une grande.

# Chapitre II

# Vive la rentrée !

Le lendemain, je me réveille, me prépare et cours chez Maude. Je passe devant le dépanneur et me rappelle combien nous avons eu du plaisir cet été. Nous avons eu la chance de résoudre deux enquêtes, et puisque nous adorons les mystères, cela a été très amusant !

— Salut, Martin !

— Eh ! Bonjour, Zoé !

Mon amie traverse la rue pour venir me rejoindre. Elle regarde mon étui à saxophone d'un air enjoué.

— Tu dois avoir hâte de revoir tes amis musiciens, n'est-ce pas ?

— Bien sûr !

Nous discutons tout en marchant jusque chez Maude. En arrivant à destination, nous apercevons notre amie, debout sur son balcon, qui nous fait de grands signes.

– C'est la rentrée ! C'est la rentrée ! J'adoooore la première journée d'école, nous crie Maude, aussi enthousiaste que d'habitude.

– Moi aussi, dit Zoé, j'ai hâte d'utiliser mon nouveau matériel scolaire !

Nous sourions. Zoé aime beaucoup écrire. Elle note tout dans ses carnets.

– En plus, déballe Maude, il paraît que notre professeur de mathématiques, M. Chagnon, a pris sa retraite. Il semblerait que la nouvelle enseignante, Anick Marcoux, aime beaucoup les jeunes. J'espère qu'elle sera patiente avec moi !

Nous penchons tous la tête vers l'avant, intrigués.

– Monsieur Chagnon n'est plus là ? demandé-je.

Maude fait oui de la tête, avec un air de soulagement.

– Il était temps qu'il prenne sa retraite !

Nous éclatons de rire. Maude déteste les mathématiques.

En passant près de la rue des Lilas, pour nous rendre à l'école, nous saluons madame Bolduc, une vieille dame avec qui nous avons lié amitié cet été. Elle nous salue en levant son fameux chapeau à fleurs mauves.

Nous entrons dans la cour d'école et allons retrouver nos camarades.

— Il y aura une pratique aujourd'hui après l'école au local de musique, pour les élèves qui veulent faire partie de l'ensemble musical L'Harmonie de l'école, annonce le directeur à l'interphone.

— Tu vas faire partie de L'Harmonie encore cette année ? me demande Maude, qui est assise près de moi.

— Certainement ! Il paraît que madame Perrier a ajouté une guitare, une basse et une batterie !

— Wow ! J'espère que tu auras beaucoup de plaisir !

— Merci ! Merci ! Merci beaucoup ! dis-je en imitant la voix du grand Elvis.

Jonathan, le guitariste, me demande si je sais qui va jouer de la guitare basse.

— Je l'ignore. Je crois qu'Olivier voulait tenter sa chance, mais il est normalement derrière la batterie. Alors…

— Ah, vraiment ? questionne Jonathan, je ne connais personne qui joue de la guitare basse dans l'école. Ce sera probablement un nouvel élève.

Tout le monde baisse le ton et l'enseignante commence à parler. Durant cette leçon de mathématiques, je pense à Maude. Elle a de la difficulté dans cette matière, mais elle semble aimer la nouvelle enseignante, madame Marcoux, dont elle nous avait parlé ce matin, car elle écoute la leçon avec intérêt.

Toute la journée, nous faisons des petits exercices et des activités dans nos différentes classes, pour mieux nous connaître.

– DRING !

– Ouf ! La première journée est terminée ! dit Zoé en se levant de son siège.

Elle fait signe à Maude, qui est déjà prête, sur le pas de la porte.

– Je suis désolé, les filles, je ne pourrai pas vous raccompagner : Harmonie oblige !

– Pff ! fait Maude, un sourire en coin, c'est ça ! Va retrouver tes clés de sol !

Zoé éclate de rire et elles s'éloignent, complices.

# Chapitre III

# Bémol en clé de sol

En entrant dans la salle de musique, mon étui à saxophone à la main, je constate à quel point cette pièce m'a manqué ! Il y a une dizaine de personnes. Tous les musiciens accordent leur instrument, en se racontant leurs aventures de vacances d'été. Je vais m'installer près de Francis, l'autre joueur de saxophone alto.

— Salut Martin, me fait Jonathan, à l'autre bout de la salle en demi-cercle.

Les chaises de couleur rouge vin ne sont pas plus confortables que l'année dernière, mais je survivrai.

— Clap, clap, clap.

Des pas résonnent dans le couloir et une odeur de café frais vient chatouiller nos narines.

Mandoline Perrier, notre professeure de musique, entre dans la pièce, le sourire aux lèvres. Tout le monde se tait, anxieux de commencer.

— Voilà tous mes musiciens réunis pour une autre année scolaire ! dit-elle en nous regardant. Heureuse de vous revoir ! Comme vous le savez sûrement, cette année, notre ensemble comportera un trio rock (guitare, batterie et basse).

Tout le monde murmure son intérêt. Madame Perrier garde son air solide et nous présente ses nouveautés :

— Alors, à la guitare, Jonathan. À la batterie, Olivier ; et finalement, ma petite découverte, à la guitare basse : Jean-Daniel Lavoie.

Lavoie ? Il me semble avoir déjà entendu ce nom-là quelque part. Soudain, je me souviens. C'était au spectacle de talents de familles, le groupe que je préférais.

Jean-Daniel jouait une pièce de jazz avec son père et son grand-père.

Un grand garçon aux cheveux noirs et aux vêtements amples s'avance fermement dans la pièce, son étui à la main. Je me penche vers Francis.

— Il n'a pas l'air très heureux d'être ici…

— Non, ça tu peux le dire !

Pendant que madame Perrier cherche ses partitions, Jean-Daniel traverse la salle, s'approche de Jonathan et sort son instrument. Je le regarde curieusement tout en ajustant l'embouchure de mon précieux saxophone. Il lève les yeux et me fixe comme s'il avait mieux fait de ne pas venir.

– Bon ! Parfait ! s'écrie notre enseignante de musique. Tout le monde, faites-moi un B bémol B bémol, s'il vous plaît !

Nous nous exécutons.

Après que nous avons fait nos gammes et réchauffements, madame Perrier appuie ses mains sur le bord de son pupitre et nous demande notre avis au sujet d'un concert qui aura lieu à l'école.

– Un concert ? Ce serait super, ça ! s'écrie une fille derrière une trompette.

– Il faudra beaucoup de pratiques ! mentionne Francis.

Madame Perrier nous explique que ce serait dans deux semaines et que si nous persévérons, le résultat sera SPLENDIDE. Nous acceptons, et nous attaquons nos pièces pendant environ 10 minutes, quand le concierge frappe à grands coups dans la porte et entre d'un air grognon.

– Vous ne pouvez pas baisser le ton ! crie-t-il pour enterrer le bruit.

– QUOI ?

Nous arrêtons de jouer.

– Vous ne pouvez pas baisser le ton ? répète le concierge en grattant son menton mal rasé.

M. Grégoire déteste se faire déranger. Il ne semble pas aimer la musique, puisqu'il trouve que c'est trop bruyant. Mais madame Perrier ne se laisse pas intimider. Elle le regarde d'un air embêté et dit :

– Faites plaisir à votre dentiste, M. Grégoire, et souriez !

Nous éclatons de rire. Mandoline Perrier a toujours eu un bon sens de l'humour. M. Grégoire n'est pas du même avis. Il rit de façon sarcastique et repart aussitôt, ses chiffons à la main.

Après plusieurs jours de répétitions, nous sommes finalement prêts. Je suis fier de nous. Ce soir, c'est le grand spectacle.

— Martin ! Martin ! Comment tu te sens ? me demande Maude en accourant dans le local de musique.

Zoé la suit de près.

— Je me sens… un peu tendu, dis-je en regardant mon instrument.

Ce soir, je vais jouer un solo de jazz, sur la scène. Je le pratique depuis plus de deux semaines déjà. Je suis tellement nerveux que je n'arrête pas de faire des blagues. C'est ma façon de me détendre.

— Bonjour, mesdames et messieurs, dis-je en faisant la voix d'un commentateur de nouvelles, nous nous trouvons présentement à Vankleek Hill pour un concert du tonnerre !

Maude éclate de rire en imitant un caméraman. Zoé observe les instruments avec un sourire impressionné.

— Martin, tu devrais m'apprendre à jouer du saxophone ! me dit-elle.

Je souris. Zoé, sa passion, c'est l'écriture et les mystères ! Ce serait amusant de la voir jouer d'un instrument de musique.

Je décide de pratiquer mes gammes pour réchauffer mon souffle. Do, ré, mi…

Je m'arrête net. Je sens que quelqu'un me regarde. Je me retourne, certain que c'est M. Grégoire qui trouve encore que je joue trop fort. Mais à ma grande surprise, c'est Jean-Daniel qui me fixe, du coin de l'œil.

— Tu ne pratiques pas ? que je lui demande ; le spectacle est dans quinze minutes.

— Bof ! je n'en ai pas le goût, répond-il en regardant sa guitare basse.

Je hausse les épaules et continue mes réchauffements. Madame Perrier entre dans la pièce toute de noir vêtue, très élégante pour la soirée. Elle nous demande de pratiquer le plus long morceau de la soirée, celui dans lequel je fais mon solo. Je regarde Maude et Zoé qui se dirigent vers le gymnase. Je me sens énervé et des papillons commencent à s'agiter dans mon ventre. Nous pratiquons quelques minutes et finalement…

— Bon ! Ça y est ! On est prêts pour le spectacle, s'écrie Julia à la flûte.

— En route vers le gymnase ! nous dit madame Perrier en souriant.

Allons-y ! C'est le moment ! Je sens que j'ai le trac, mais ça va aller mieux aussitôt que je vais voir la foule…

— Mon Dieu, qu'il y a du monde ! me lance Jonathan lorsque nous entrons dans le gymnase.

Jean-Daniel, qui a l'habitude de ces soirées, nous rassure et nous suggère de faire semblant que la salle est vide, qu'il n'y a personne. C'est ce qu'il fait, lors d'un concert avec sa famille.

Nous entrons en suivant le conseil de Jean-Daniel. La pièce est décorée avec des lumières et des guirlandes multicolores. Les spectateurs jasent en attendant la musique. L'animateur de la soirée nous aperçoit et s'écrie :

— Et voici nos musiciens préférés qui vont nous faire « jazzer » !

La foule applaudit et nous montons sur scène.

## Chapitre IV

# Panne musicale !

Nous interprétons une dizaine de pièces musicales, puis l'animateur crie à tout le monde de rester debout, puisque c'est le temps de danser; pour moi, de m'énerver, car c'est l'heure de mon solo. Je m'assois confortablement sur ma chaise, respire un grand coup et aperçois M. Grégoire qui balaie l'arrière-scène. Que fait-il ici, lui qui déteste la musique ? Il me fixe, puis continue son travail. Nous entamons les premières notes de la pièce, tout le monde bouge et semble apprécier. Puis, c'est à moi. J'y mets toute mon énergie et toute mon âme. C'est à peine si j'entends Maude et Zoé qui me crient :

– Vas-y, Martin !

Je termine mon solo, soulagé mais content.

Soudain, paf! Tout est noir. Les projecteurs se sont éteints. Les musiciens s'affolent un peu, mais la foule applaudit. Ils croient que cela fait partie du spectacle! Nous entendons enfin la voix rassurante de madame Perrier:

– Il y a une panne d'électricité! Pas de panique!

On entend la foule s'agiter. M. Massie, le directeur, entre en trombe sur la scène et nous dit de faire attention en suivant lui-même son conseil, de peur de trébucher sur une chaise.

– Mes yeux commencent à s'habituer à la noirceur, me dit Francis en me tapant sur le bras.

Clic!

– Enfin de la clarté! dit Julia.

Les gens applaudissent, contents d'y voir plus clair.

– Bon, voyons si tout le monde y est!

– Je crois bien, madame Perrier, dis-je.

– Ah, excellent! Merci, Martin!

– Non, attendez! s'exclame Julia. Jean-Daniel n'est pas à sa place!

Nous regardons un peu partout pendant que l'animateur fait jouer un disque pour distraire les gens. Enfin, on l'aperçoit, marchant lentement vers nous, ses vêtements flottant autour de lui.

– Mais où étais-tu passé? lui demande madame Perrier en s'approchant de lui.

– Ne vous inquiétez pas, marmonne-t-il, j'étais seulement parti chercher quelques-unes de mes partitions oubliées dans le local de musique…

— TES PARTITIONS ? l'interroge Jonathan. Mais on était en plein milieu de…

— Allez, dit madame Perrier, on continue. Et toi, Jean-Daniel, tâche d'apporter tout ton matériel la prochaine fois.

Soudain, les murmures des spectateurs troublent le spectacle. La musique cesse.

— Qu'est-ce qu'il y a, *encore* ? demande madame Perrier, inquiète.

— UN GRAFFITI !

Une jeune fille pointe l'index vers le mur, pendant que la foule regarde les dégâts, stupéfaite. Une grosse tête de mort est dessinée sur le mur à notre droite, par-dessus le logo de l'école. Et en grosses lettres noires est écrit : « *À bas les musiciens !* »

J'écarquille les yeux et je regarde Maude et Zoé qui sont dans la salle. Zoé s'occupe à regarder le message de plus près, espérant trouver un indice laissé par la ou le coupable. Il semble que nous ayons une autre affaire à résoudre…

Madame Perrier est sur le point de tomber à la renverse et tous les membres de L'Harmonie sont sous le choc.

M. Massie est rouge de colère.

— Je veux que le coupable s'identifie *sur-le-champ* ! s'écrie M. Massie. Et le spectacle est terminé !

Les gens quittent à regret la salle et les musiciens retournent au local de musique afin d'y déposer leur instrument. Maude vient me rejoindre avec Zoé, qui tient son traditionnel mini-calepin qu'elle traîne partout. Elle a déjà commencé son enquête, celle-là.

— C'est zéro, chef! chuchote-t-elle. Il n'y a aucun objet suspect près du crime.

— Élémentaire, mon cher Watson, dis-je, en imitant le célèbre Sherlock Holmes, notre idole.

— Pensez-vous que c'est sérieux? interroge Maude.

— Non, je ne crois pas, dit Zoé.

— Si c'est le cas, je vais ficher une de ces trouilles à quiconque veut te faire du mal!

— Ça va, Maude, dis-je en riant, merci quand même mais je peux me défendre tout seul.

Zoé garde son air sérieux et me demande si j'ai vu quelque chose de bizarre à l'arrière-scène avant le début du spectacle. Je réfléchis en me grattant le menton.

— La seule personne que j'ai vue à l'arrière-scène est M. Grégoire, le concierge… Il me fixait, c'est tout… mais on sait tous qu'il n'apprécie pas beaucoup la musique. En plus, il est toujours grognon.

— Vous croyez que c'est lui? questionne Maude.

— Bon! On se calme, nous interrompt M. Massie de sa grosse voix.

— Il faut appeler vos parents pour qu'ils viennent vous chercher plus tôt que prévu. La fête est terminée. Je ne veux pas de blessés.

# Chapitre V

# Alerte musicale

Maude propose d'appeler son père pour qu'il vienne tous nous chercher pendant que je range mon saxophone.

– Même si je déteste la vieille bagnole de mon père, je ne veux pas marcher !

Pourtant, je me demande qui peut bien détester la musique à ce point pour saboter notre spectacle ainsi.

– ...Malgré quelques incidents, les élèves ont présenté un très bon spectacle, dit M. Massie, aux annonces du matin.

Hier, avant de partir, nous avons vu que M. Grégoire tentait, en vain, de nettoyer les taches sur le mur du gymnase. Comme à son habitude, il était de mauvaise humeur. Le graffiti inquiète mes deux meilleures amies.

— Tu es un musicien, Martin, dit Zoé en attachant ses longs cheveux noirs, et le message disait « À bas les musiciens ! ».

— Ne t'inquiète pas, Zoé, nous essayerons de découvrir qui a fait ça. C'est inutile de te faire du mauvais sang.

— Est-ce que ça voudrait dire qu'on enquête, par hasard ? questionne Maude.

— En plein dans le mille !

— Wow ! sainte pinotte, c'est une rentrée extraordinaire !

— Il nous faut avant tout savoir qui n'aime pas les musiciens.

Nous réfléchissons pendant un instant.

Anick Marcoux, notre prof de mathématiques, entre dans la classe et réclame le silence. Elle est grande avec des cheveux blonds courts. Quand elle parle, elle gesticule beaucoup. Ça nous amuse.

Le cours débute.

Quand la cloche sonne pour la pause du matin, madame Marcoux demande à Maude de rester dans la classe quelques minutes.

— Nous allons t'attendre dehors ! lui chuchote Zoé.

Je ferme la porte. Zoé et mois discutons du spectacle d'hier pendant un instant.

— J'ai adoré quand tu jouais, Martin, c'était vraiment…

Zoé cesse de parler. Maude vient de sortir de la classe et fait la moue.

— Je vais avoir besoin d'un tuteur, nous annonce-t-elle.

— Vraiment ? s'exclame Zoé.

— Ouais… bougonne Maude, et devinez qui c'est !

— Qui ?

— Ce nonchalant de Jean-Daniel Lavoie ! En plus, il pourra m'aider seulement avant les cours du matin ou à l'heure du dîner. Eurk ! Je déteste les mathématiques.

Nous sortons dehors et je vais retrouver Jonathan et Francis qui jouent au hockey sur gazon. J'aime bien ce sport. Je réussis même à marquer deux buts.

« Bravo, Martin ! » me dit Francis en me serrant la main. J'imite le tir au but d'un célèbre joueur de hockey et les garçons rigolent.

Soudain, la cloche sonne et les élèves entrent à l'intérieur. Je me rends à mon casier pour aller chercher mes livres de français. En arrivant à destination, j'ouvre grands les yeux. Mes doigts commencent à trembler. Quelqu'un a fait un dessin sur mon casier ! Et ce n'est rien de bien artistique. La même tête de mort que dans le gymnase hier soir ! Je me sens tout à coup menacé. Le message du gymnase disait « À bas les musiciens », et cette fois-ci, c'est sur mon casier que le graffiti est dessiné ! Je regarde Maude et Zoé, qui sont à quelques casiers du mien. Maude fronce les sourcils et affiche une mine intriguée.

— Alors là, s'écrie-t-elle, ce n'est pas drôle. Quelqu'un vandalise les casiers des élèves !

— Le casier de Martin, plutôt, mentionne Zoé.

Je me gratte le menton, tout en réfléchissant.

— Il faudra poser des questions à tous ceux qui étaient à la danse hier soir. Discrètement, bien sûr. Et essayer de comprendre qui me déteste à ce point… En attendant, allons rapporter ce dégât à M. Massie.

À la fin des classes, je fais un détour au bureau du directeur avec mes amies pour m'informer s'il a trouvé le malfaiteur. Mais comme il n'est pas à son bureau, nous devrons revenir. Nous sortons par la porte principale qui donne sur le stationnement. Maude et Zoé discutent de leurs devoirs à compléter pendant que j'essaie de résoudre le mystère de mon casier. Soudain, nous entendons un grand fracas. Mes amies sursautent.

Nous regardons un peu partout pour savoir d'où vient le bruit. Alors nous voyons M. Grégoire dans un coin caché du stationnement. Il est penché et semble recueillir ce qui lui a échappé. Zoé, avec ses grands instincts de détective, nous fait signe de nous taire. Nous nous cachons discrètement derrière la voiture de madame Marcoux et nous observons le concierge.

— Qu'est-ce qu'il fabrique ? marmonne Maude. N'est-il pas censé faire son ménage à cette heure-ci ?

Lorsque M. Grégoire se relève, on voit qu'il tient un objet assez gros… Quelque chose d'assez gros pour être… un étui à trombone ! Ça se voit tout de suite, puisqu'il a la même forme que l'instrument. M. Grégoire sort ses clés de sa poche et range rapidement l'étui dans sa voiture.

Difficile pour nous de comprendre pourquoi M. Grégoire se promène avec un étui à trombone quand il ne semble pas aimer la musique ! Zoé me tape sur l'épaule et me demande ce que j'en pense. Je lui fais part de mes réflexions et Maude s'écrie :

— Et si M. Grégoire volait des instruments de musique afin de s'en débarrasser ?

— Ce serait possible, dis-je ; je me demande bien ce qu'il manigance avec un trombone !

Mes deux amies semblent d'accord avec moi. Tout à coup, nous entendons la porte avant de l'école s'ouvrir et madame Marcoux en sort, ses sacs à la main.

— Sainte pinotte, s'écrie Maude, partons d'ici avant de nous faire coincer !

Madame Marcoux démarre sa voiture et s'éloigne en laissant derrière elle une fumée grise et malodorante. Nous nous apprêtons à quitter l'école quand nous remarquons M. Grégoire, qui nous observe le regard perçant.

# Chapitre VI

# Plongés dans le mystère

– J'ABANDONNE !

Maude ferme son cahier de mathématiques avec force. Nous sommes à la bibliothèque de l'école pour l'aider à réviser.

— Je croyais que Jean-Daniel t'aidait avec les leçons ? dis-je.

— Oui, c'est vrai, marmonne Maude, mais ce n'est pas facile ! Il connaît très bien sa matière, mais je n'arrive pas à le suivre !

— Tu parles d'un tuteur ! lance Zoé.

— Tiens, en parlant du tuteur ! dis-je, en donnant un coup de coude à Zoé.

Jean-Daniel entre dans la bibliothèque en regardant un peu partout. Maude lui fait signe, puisqu'elle avait rendez-vous avec lui, ce midi, pour une révision rapide.

— Ah ! salut, Maude ! dit-il en déposant ses livres sur la table.

Il laisse échapper une feuille. Y figure un des grands succès de Louis Armstrong, un grandiose musicien de jazz.

— Wow ! dis-je impressionné, tu sais jouer « A Wonderful World » à la guitare ?

— M'ouais… me répond Jean-Daniel, c'est mon père qui me force à l'apprendre.

— Ça n'a pas l'air de trop t'enchanter, remarque Zoé.

— Comme moi ça ne m'enchante pas de faire mes mathématiques ! bougonne Maude.

Jean-Daniel esquisse un sourire.

— Bon, puisque ça t'enchante tellement, allons-y !

Maude lui fait de gros yeux et commence à résoudre, à contrecœur, les problèmes de mathématiques.

Nous décidons, Zoé et moi, d'aller nous asseoir à la table voisine, pour ne pas les déranger, et il me reste quelques minutes avant ma pratique de ce midi.

— J'aimerais bien savoir qui a fait le dessin dans le gymnase et sur ton casier, dit Zoé, rêveuse.

— Moi aussi.

Zoé sort son calepin et un crayon de son sac à dos.

— Récapitulons :

— La personne n'aime ni les musiciens ni la musique ; la personne peut se promener facilement dans l'école et a accès aux panneaux d'électricité, et la personne était au concert.

– Est-ce que tu penses à ce que je pense ?

Zoé fait signe que oui.

– M. Grégoire, ce satané concierge !

– Il nous demande toujours de baisser le ton lors des répétitions, il a les clés de toutes les pièces de l'école ET il était à la danse !

– Il faut en savoir plus ! insiste mon amie.

– Nous devrions en jaser avec Maude…

– J'irai la rejoindre dès qu'elle aura terminé avec Jean-Daniel, d'accord ?

– Oui ! Et maintenant, tu vas m'excuser, chère Zoé, il y a une pratique de L'Harmonie ce midi, dis-je en haussant les épaules. À plus tard !

Je marche jusqu'au local de musique, qui est près de la cafétéria, et pousse la porte.

– Bonjour, Martin ! me salue madame Perrier en souriant.

Je lui fais un petit signe de la main.

Chacun accorde son instrument, comme d'habitude, et Olivier est déjà derrière sa batterie en train de pratiquer ses rythmes. C'est en prenant mon étui à saxophone que j'entends madame Perrier sortir de la petite salle qui lui sert de bureau. Elle a l'air contrarié.

– Qu'est-ce que c'est que ça ?

Dans ses mains, des partitions de musique déchirées.

– J'ai trouvé ça sur mon bureau ! Qui a fait ça ? En plus, mon livre jaune de chef d'orchestre a disparu !

Nous nous regardons, un peu inquiets. Personne ne parle. C'est le silence dans la salle de musique. On pourrait entendre une mouche voler. J'essaie de voir de plus près les partitions déchirées. À ce moment-là, je constate que la pièce musicale détruite est celle que nous avons jouée, le soir du spectacle, lorsque les lumières se sont éteintes. Mon solo…

## Chapitre VII

# Pas de fumée sans feu

Qui aurait pu faire une chose pareille ? C'est un manque de respect total !

Cela doit être quelqu'un en colère noire contre les musiciens. Qu'est-ce que nous lui avons fait ?

Nous sommes tous regroupés autour de madame Perrier, essayant de la consoler de la perte de ses chères partitions. Déçue, elle garde le contrôle des événements.

— O.K., on se calme, les élèves !

Francis se gratte la tête et Olivier se joint à nous.

— Ce n'est sûrement pas un des membres de L'Harmonie qui a fait ça ! dit Julia, c'est impossible ! Nous adorons tous la…

— BEEEEEEEEEPPPPPPP !

L'alarme à feu ? !

— Allons, les élèves, restons calmes et sortons dehors, nous guide madame Perrier.

Je dépose mon saxophone et m'approche de Jonathan, qui est aussi surpris que moi. Nous n'avons jamais eu d'exercice d'urgence durant l'heure du dîner ! Peut-être y a-t-il un vrai feu ?

À l'extérieur, tous les élèves sont aussi étonnés que nous. Nous nous dirigeons vers l'avant de l'école. Deux gros camions de pompiers sont déjà arrivés. Mes yeux scrutent la foule, à la recherche de Maude ou Zoé.

Je les aperçois enfin près de la sortie de secours de la bibliothèque. Elles me font des grands signes de la main et, avec la permission de madame Perrier, je vais les rejoindre.

— Eh ! les filles, croyez-vous qu'il y a un vrai feu ?

— Non, Sherlock, dit Maude, il paraît qu'il y a eu une petite explosion près des classes de mathématiques et de sciences.

— Une explosion ! Est-ce que quelqu'un a été blessé ? que je leur demande.

— Je ne crois pas, dit Zoé, c'est la bibliothécaire qui nous a informées, alors nous n'en savons pas plus. Dès que l'alarme a sonné, nous avons dû quitter les lieux en vitesse.

— Tu parles d'un mystère ! dit Maude. Jean-Daniel venait de nous quitter et…

— Vous avez fini plus tôt que prévu ? demandé-je en interrompant Maude malgré moi.

– Oui… répond-elle, hésitante ; il m'a dit qu'il avait une répétition de L'Harmonie, alors il est parti plus tôt.

– C'est bizarre, dis-je perplexe, il n'était pas dans le local de musique. Nous allions commencer à jouer, quand madame Perrier a trouvé des partitions déchirées sur son bureau ! En plus, elle a perdu son livre de chef d'orchestre. Elle en a besoin pour nous diriger !

– C'est très étrange, murmure Maude, est-ce que tout ça a un rapport avec Jean-Daniel ? J'aimerais bien me concentrer, mais est-ce que cette sonnerie va arrêter bientôt ? Sainte pinotte !

Elle se bouche les oreilles. Tant que les pompiers n'auront pas nettoyé les dommages, l'alarme continuera de nous sonner les cloches. Le bruit cesse, tout à coup. Les élèves sont rassurés.

– Quand tu étudiais, commence Zoé en s'adressant à Maude, Martin et moi avons émis notre hypothèse. Nous pensons que M. Grégoire pourrait aussi être à l'origine de tous ces mystères à l'école. Il déteste la musique.

– Mais oui, c'est totalement vrai ! Sainte pinotte !

Zoé frissonne. L'automne approche à grands pas. J'ai froid moi aussi, mais je ne bronche pas. Je réfléchis. Comme d'habitude, je me gratte le menton. Je voudrais tellement savoir qui cause tous ces dommages.

– M. Grégoire est possiblement un suspect, mentionne Zoé : Il se peut qu'il ait subtilisé les partitions de madame Perrier pour ne plus vous entendre jouer...

— ...Et Jean-Daniel qui s'éclipse plus vite que prévu?

Nous demeurons silencieux pendant un instant, attendant que M. Massie nous permette de retourner à l'intérieur. Heureusement, la petite explosion a causé plus de peur que de mal. La cloche du début des cours sonne, et après quelques minutes, nous entendons M. Massie dire que nous pouvons retourner dans nos salles de classe.

— Alors, qu'est-ce que vous proposez? que je demande à mes amies en me dirigeant vers mon casier.

— Qu'on se rende à notre cours de sciences, dit Maude en grimaçant, et qu'ensuite nous allions parler à M. Grégoire. Ça ne peut être que lui.

— Au cours de sciences... dis-je, penseur.

— Eh oui, désolée de te l'avouer, mon vieux! me dit Zoé en riant.

— Peut-être que nous y découvrirons des indices sur place. C'est bien là que l'explosion a eu lieu?

Je ferme mon casier et Maude vient nous rejoindre.

— Nous allons y jeter un coup d'œil, dit Zoé, et après les classes...

— Nous irons parler à M. Grégoire, termine Maude.

— Mais il y a quelque chose qui cloche, dis-je. À chaque année, il y a toujours eu un ensemble musical à l'école. Pourquoi n'a-t-il pas agi avant ?

— Bonne question, dit Zoé en tortillant une mèche de cheveux.

— Nous devons aller le voir absolument, dis-je. Madame Perrier est dans tous ses états depuis qu'on lui a volé ses partitions de musique…

# Chapitre VIII

# Une discussion
# en G mineur

Nous attendons la fin des classes avec impatience.

— Dommage que les pompiers soient passés avant nous ! boude Zoé, nous aurions pu y découvrir quelque chose d'intéressant.

— Et peut-être trouver des indices… dis-je.

La cloche sonne pour annoncer la fin des cours.

— Finalement !

Je ferme mes cahiers et nous courons jusqu'à mon casier.

— Vite ! dit Zoé, le directeur s'en vient ! Prenons nos livres en vitesse, il ne faut pas que M. Massie nous voie, c'est défendu de traîner à l'école après les classes !

En nous dépêchant, nous nous glissons dans la classe de géographie, la plus proche de nos casiers. Elle est déserte.

Nous entendons M. Massie discuter avec plusieurs élèves, et peu à peu, les voix se dissipent, les élèves ont tous rejoint leur autobus. Maude se penche pour regarder s'il est toujours là. Il ajuste lentement sa cravate tout en discutant avec madame Perrier.

— Je crois que ce serait préférable d'annuler L'Harmonie, du moins cette année, dit-il. Avec tout ce qui se passe dans l'école, mes élèves pourraient être en danger.

— Oh ! mon Dieu ! Ce n'est pas vrai ! dis-je, tout bas.

Madame Perrier écoute attentivement M. Massie. Elle n'a pas l'air d'accord du tout avec son idée farfelue :

— Mais la musique met de la vie dans l'école, non ?

— C'est trop dangereux. En plus, cela peut nuire au rendement académique des élèves ! répond M. Massie, en s'éloignant.

Je regarde Maude, toujours penchée pour voir ce qui se passe dans le couloir. Zoé est aussi choquée que moi.

Je n'en crois pas mes oreilles. Moi qui aime tellement la musique. Et les membres de L'Harmonie seront tellement déçus.

— C'est incroyable ! Je croyais que ma rentrée serait un peu plus « musicale », dis-je en m'assoyant à un pupitre.

— Qu'est-ce que vous faites là, vous trois ?

M. Massie entre à vive allure dans la classe.

— Vous savez pourtant que les cours sont finis !

Je lance un rapide coup d'œil à Zoé.

— Mais c'est que nous devons aller appeler mon frère pour qu'il vienne, euuh… nous chercher ! dit-elle en bafouillant un peu.

M. Massie ajuste sa cravate.

— Alors, pourquoi êtes-vous ici quand les téléphones sont à l'autre bout de l'école ?

Maude blêmit. J'interviens, rapide comme l'éclair :

— Zoé avait oublié son manuel de géographie, alors nous sommes venus en emprunter un.

Je me lève rapidement pour aller chercher un livre sur l'étagère. M. Massie hoche la tête, les mains sur les hanches, et nous enjoint de quitter les lieux. Il pivote ensuite sur lui-même et nous entendons des pas s'éloigner dans le couloir.

— Bon. Maintenant, occupons-nous de M. Grégoire, dis-je en remettant le livre à sa place.

— Et si M. Massie revenait ? intervient Zoé, quelle excuse allons-nous lui donner, cette fois ?

— J'ai une idée ! s'écrie Maude, on devrait se séparer.

— Ouais ! C'est une très bonne idée, dit Zoé, je peux rester près du hall d'entrée, pour vous prévenir si M. Massie approche.

— 10-4 !

Nous regardons Zoé s'éloigner et nous marchons rapidement jusqu'au local de M. Grégoire. Maude soupire.

– J'ai faim ! J'ai toujours faim quand je suis nerveuse !

Je ris de l'éternel grand appétit de mon amie et lui dis que nous allons probablement arriver à temps pour le souper. Maude frotte ses mains l'une contre l'autre et sourit.

En arrivant au local du concierge, nous entendons celui-ci remuer des outils en sifflant.

– Toc ! Toc !

Maude frappe à la porte, certaine de se faire entendre. Malheureusement, M. Grégoire continue de siffler. Maude cogne un peu plus fort.

– TOC ! TOC !

Silence.

– Oui ?

– M. Grégoire, est-ce qu'on peut vous parler ?

Notre concierge passe la tête dans l'embrasure de la porte, avec ses yeux boudeurs qui nous fixent. Il sort de son atelier.

Je prends une grande respiration et lance :

– Pourquoi détestez-vous tant la musique ?

M. Grégoire me regarde sévèrement.

– Qu'est-ce que tu racontes, Martin Tremblay ? Comment oses-tu me parler ainsi ?

– Je pense que vous n'aimez pas trop quand nous pratiquons dans le local de musique après les classes, pas vrai ?

M. Grégoire fronce les sourcils, les mains sur les hanches. Il nous bloque la sortie. Il réclame des excuses puisqu'on l'a dérangé, et il est très fâché. À ce moment, Zoé arrive, l'air enjoué.

– Bonjour cher M. Grégoire, comment allez-vous cet après-midi ? Martin et Maude, je vous attendais, nous devons aller compléter nos devoirs.

Je me penche vers Maude et lui chuchote :

– Elle est folle ou quoi !

Zoé me fait un clin d'œil. Maude et moi nous lançons un regard affolé. M. Grégoire marmonne quelques mots et nous en profitons pour quitter son atelier le plus tôt possible.

– Zoé, on ne comprend pas. Pourquoi es-tu venue interrompre notre rencontre avec M. Grégoire ?

Zoé continue de sourire, Maude arrête de marcher.

– Je reconnais ton air victorieux, Zoé. Toi, tu as sûrement trouvé un autre indice, lui dit Maude.

– Vous savez que je suis très curieuse, commence Zoé. Pendant que je vous attendais, je n'ai pas pu m'empêcher d'aller jeter un petit coup d'œil dans le bureau de M. Massie. Je trouve que son idée d'annuler l'ensemble de L'Harmonie est très louche.

Nous hochons la tête, attendant la suite.

– Eh bien, aussitôt que M. Massie s'est absenté pour aller remplir sa tasse de café à la salle du personnel, je suis entrée dans son bureau pour fouiner.

Maude hausse les sourcils d'un air impressionné et je me mors la lèvre, curieux de connaître la suite.

– Comme on le sait tous, poursuit Zoé, un coupable veut toujours se débarrasser des preuves.

— Oui… Mais où veux-tu en venir, Zoé ?

— Tu as trouvé quelque chose ? s'impatiente Maude.

— En quelque sorte. Quand j'ai fouillé dans sa corbeille à déchets, sous une montagne de papiers chiffonnés, j'ai trouvé… des bouteilles de peinture en aérosol !

Maude a la bouche grande ouverte de surprise.

— Wow ! s'exclame-t-elle. Ce sont peut-être les bouteilles qui ont servi à faire les graffitis dans le gymnase et sur le casier de Martin.

Zoé sourit, toujours fière de son coup.

Des bouteilles de peinture dans le bureau de M. Massie ? Mais c'est impossible que le directeur de notre école puisse être le coupable !!!

— Tout ça est bien bizarre, dis-je tout haut. Maintenant, on ne sait plus très bien sur quel pied danser.

— Ouais, ça devient compliqué, dit Maude, heureusement que nous n'avons pas à résoudre des meurtres…

Tout à coup, nous entendons un grand cri.

— AAAAAAAAAAAAAHHHHHHHHHH !

Nous courons dans la direction d'où venait le cri. Notre course nous mène au local de musique… où nous trouvons madame Perrier, effondrée sur le plancher, fixant avec effroi le tableau sur lequel a été dessinée… une tête de mort.

# Chapitre IX

# Le concerto n'est pas fini

Maude est allée chercher de l'eau pour madame Perrier et lui rafraîchit doucement la figure avec quelques gouttes, pour la réveiller. Ses cils bougent. Elle ouvre enfin les yeux.

— Que s'est-il passé ? lui demande Maude.

Madame Perrier indique le tableau avec effroi. La tête de mort nous fixe toujours. Qui a bien pu faire ça ?

— Je suis revenue à l'école, commence ma prof de musique, pour venir chercher un manuel que j'avais oublié. Comme j'étais très pressée, je suis entrée dans le local sans allumer la lumière et j'ai trébuché sur un coffre laissé par terre.

Zoé me jette un coup d'œil et nous allons voir l'« obstacle » en question. Il s'agit d'un étui… pour guitare.

— Je me suis cogné la tête, continue madame Perrier, et je crois que je me suis évanouie pendant quelques secondes. Et maintenant, cette tête de mort dessinée au tableau. Je n'en crois pas mes yeux ! Je dois immédiatement aller en parler à M. Massie.

— Reprenez vos forces, madame Perrier, et ne vous inquiétez pas, lui dit Zoé, nous allons découvrir la personne responsable.

Madame Perrier pointe soudainement un livre laissé par terre. C'est un livre de mathématiques. Maude fronce les sourcils. Elle croit qu'elle l'a peut-être oublié lors d'une répétition du midi, car elle vient souvent me rejoindre.

— C'est tout de même bizarre que j'aie trébuché sur l'étui laissé par terre, poursuit madame Perrier. M. Grégoire finissait justement de nettoyer le plancher au moment où je quittais le local à la fin des classes et tous les coffres étaient bien rangés.

Zoé continue de prendre des notes dans son calepin.

— Mais j'y pense tout à coup, que faites-vous encore à l'école à cette heure-ci, vous trois ?

Ignorant la question, Maude me tape sur l'épaule.

— Entends-tu mon ventre gargouiller ? J'ai faim, moi. Il faudrait partir.

— Et moi, j'ai des devoirs ! continue Zoé. Il faudrait partir, maintenant.

Nous nous quittons en souhaitant une bonne soirée à madame Perrier, qui retrouve peu à peu ses couleurs. Quand nous marchons tous les trois pour retourner chez nous, Maude et Zoé discutent.

— Si seulement nous pouvions coincer notre coupable, sainte pinotte, grogne Maude.

— Ça nous aiderait sûrement dans notre carrière de détectives, continue Zoé.

— Je commence à me demander si un membre de L'Harmonie ne serait pas responsable de tous ces actes.

# Chapitre X

# Un indice bien « calculé »

Le lendemain, à la cafétéria, nous décidons de discuter un peu de l'enquête. Si M. Grégoire nie tout et qu'il a l'air sincère, alors ce serait…

— M. Massie ? demande Maude en mangeant une rôtie.

— Peut-être, oui, dis-je, sauf que c'est presque impossible qu'il ait fait tout ce brouhaha pour la « supposée » sécurité de ses élèves !

— C'est vrai, ajoute Zoé, il est le directeur de l'école ! Mais nous devons quand même le garder sur la liste, nous n'avons aucun autre suspect !

Maude rajuste ses lunettes sur son nez. Zoé regarde mon livre de partitions et me demande :

— Martin, aurais-tu remarqué quelque chose de louche le soir du spectacle ?

Je hausse les épaules.

— Non, pas vraiment… Pourquoi ?

Zoé a un sourire en coin. On dirait qu'elle a une idée.

— Il ne manquait pas quelqu'un à un certain moment, lorsque les lumières se sont éteintes ?

— S'il manquait quelqu'un… dis-je, songeur, mais oui ! OUI ! Il manquait Jean-Daniel, juste au moment où les projecteurs se sont éteints !

— Et quelle excuse a-t-il donnée ? demande Maude.

— Il a dit qu'il était allé chercher des notes de musique dans son casier !

— Comment peut-on oublier des notes de musique avant un spectacle ? interroge Zoé.

— La nervosité, peut-être, propose Maude.

— Ouais… peut-être, dit Zoé. Pour l'instant, désolée de te décourager, Maude, mais c'est l'heure d'aller au cours de mathématiques !

— Beurk ! fait Maude en faisant mine de vomir.

— Allons-y ! dis-je en souriant, heureux de constater que nous progressons dans notre enquête.

Durant la leçon de mathématiques, je repense à tout cela. Je vois Zoé qui prend des notes dans son calepin de temps à autre. Elle aussi y réfléchit. Maude, concentrée sur la leçon, a le nez plongé dans son livre de mathématiques. Je la vois tourner les pages et j'entends un « oh ! ».

— Martin, me chuchote Maude, je ne crois pas que ce livre soit le mien.

— Ah non ?

— C'est celui que nous avons récupéré dans le local de musique. Je viens de trouver la pièce musicale « A Wonderful World » de Louis Armstrong insérée entre les pages.

Zoé, qui écoutait discrètement notre conversation, se retourne et ajoute :

— Alors là, il n'y a aucun doute, ce livre appartient à un musicien.

— Sainte pinotte, je ne trouve plus les exercices de mathématiques que j'ai faits avec Jean-Daniel, hier ! Je ne comprends pas très bien la leçon d'aujourd'hui. Pourtant il me l'avait bien expliquée. Où donc sont passés mes travaux ! ? Tu les as vus quelque part ?

— Euh… non. Peut-être les as-tu jetés par mégarde ?

Maude se lève et se dirige vers le bac à recyclage pour voir si ses travaux y sont. Elle soulève quelques feuilles et récupère avec joie ses travaux. Mais soudain, elle a l'air vraiment surprise. Elle revient discrètement s'asseoir avec un livre jaune en mains.

— Martin… murmure-t-elle.

— Oui ? Tu as trouvé ce que tu cherchais, Maude ?

Elle me montre sa trouvaille.

— Ce ne serait pas… le livre de chef d'orchestre de madame Perrier, par hasard ?

Je n'en crois pas mes yeux. Ce sont les partitions de madame Perrier ! Qu'est-ce qu'elles font là ? Dans un cours de mathématiques ?

— Youpi, un autre indice! lance Maude.

Nous ne savons plus quoi penser!

— Les partitions de musique, dans une classe de mathématiques…

Musique… mathématiques, raisonne Maude.

— Et si c'était madame Marcoux?

— Mais non, Martin! Pourquoi ferait-elle cela?

Je hausse les épaules. Zoé fixe ses notes et semble perdue dans ses réflexions.

— Vous savez, dit-elle, je crois qu'il n'y a qu'une personne qui pourrait faire cela.

— QUI? demandons-nous en chœur, Maude et moi.

— Une personne qui a un étui à guitare et des partitions de la chanson «A Wonderful World».

○

— Jean-Daniel! dis-je en allant le voir à son casier, à la pause.

— Eh! Salut, Martin; ça va, ce matin?

— Oui, ça va très bien. J'ai hâte au cours de musique! Et toi?

— Ah, euh… ouais, j'ai hâte.

— Est-ce que tu sais que nous avons une répétition ce midi, avec L'Harmonie?

Jean-Daniel regarde ses chaussures en fermant son casier.

— Une répétition. Ouais… d'accord.

— Tu vas y être, pas vrai?

— Oui… euh, oui, bien sûr.

Il s'éloigne, traînant ses grands vêtements derrière lui. Je souris. Nous n'avons pas de répétition, ce midi. Nous croyons que c'est Jean-Daniel qui est le coupable du vandalisme dans l'école.

Maude nous a raconté que chaque matin, le père de Jean-Daniel vient le mener à l'école plus tôt.

Aussi, il quitte l'école plus tard que les autres, puisque que son père vient le chercher une fois les autobus partis. Ce midi, je vais le rencontrer au local de musique, le piéger et lui demander des explications. Maude et Zoé seront cachées dans les petites salles de pratique, prêtes à intervenir si la rencontre se déroule mal.

Quelqu'un me frôle le dos. Je sursaute. C'est Zoé.

— Bonjour Zoé, j'ai parlé à Jean-Daniel et il va venir, ce midi.

— Parfait ! dit-elle, j'espère seulement que tout va bien se terminer !

— Moi aussi, je l'espère…

# Chapitre XI

# Pour l'amour
# de la musique !

Je me dirige enfin vers le local de musique, après avoir déposé mes livres dans mon casier. Maude et Zoé se sont rendues directement au local, pour aller se cacher dans les petites salles de pratique. Jean-Daniel se rendra sûrement au local de musique après avoir mangé, et je veux y être avant lui. Je tourne le coin et passe devant la cafétéria pour me rendre dans le corridor du local. Juste au moment où je tourne la poignée pour y entrer, Francis en sort en brandissant une feuille de papier.

— Salut Martin, dit-il, as-tu vu madame Perrier ? Je voulais lui montrer une pétition que je vais faire circuler pour demander à M. Massie de garder les pratiques de L'Harmonie ! Il *doit* nous laisser continuer de jouer de la musique ! C'est bien plus amusant d'étudier comme ça !

Je le regarde, un peu surpris, mais je suis bien d'accord avec son initiative. Est-ce qu'il sera encore là lorsque Jean-Daniel va se présenter à la « fausse pratique » ?

— Veux-tu signer ? me demande mon ami musicien.

J'aime tellement la musique que je ne peux refuser.

Francis me tend la feuille et un stylo et je signe rapidement mon nom, tout au haut de la page.

— Tiens ! s'écrie-t-il, voilà Jean-Daniel, je vais lui demander de signer lui aussi, puisqu'il est dans L'Harmonie.

Jean-Daniel avance, pas trop sûr de lui. Je soupire de soulagement. Francis est tellement préoccupé par sa pétition qu'il n'a pas semblé apercevoir Maude et Zoé, déjà dans la classe de musique.

— Veux tu signer la pétition, Jean-Daniel ? demande Francis sans savoir qu'il se passe quelque chose. C'est pour M. Massie, il veut interdire les pratiques de L'Harmonie dans l'école. Tiens, tu peux écrire ton nom en dessous de celui de Martin ! termine-t-il en lui donnant le stylo.

Jean-Daniel regarde la feuille comme si c'était la première fois qu'il voyait du papier.

Tout à coup, il dit :

— Je ne veux pas signer.

Nous le regardons, pas certains d'avoir bien compris.

– Quoi ! s'exclame Francis.

– Je *ne* veux *pas* signer, répète-t-il, et il entre dans le local de musique.

Francis fronce les sourcils, hausse les épaules et s'éloigne en criant afin de récolter des signatures.

J'entre dans le local et je trouve Jean-Daniel assis à une chaise, son étui encore fermé, posé à ses pieds.

– Où sont les autres ? demande-t-il.

– Alors, ça te plaît de jouer les artistes ? dis-je en ignorant sa question.

– Les artistes ? euh… Je ne sais pas de quoi tu veux parler, Martin.

– Les graffitis, l'explosion, le vandalisme… C'est toi qui as fait ça, pas vrai ?

Jean-Daniel regarde ses chaussures. Je continue :

– Moi et mes amies Maude et Zoé avons enquêté, Jean-Daniel, et nous avons trouvé ta partition d'« A Wonderful World » dans le local, juste après qu'une tête de mort a été dessinée au tableau.

– D'accord… j'avoue, dit-il après un moment.

– Tu avoues ?

Je suis perplexe. Je ne croyais pas que ce serait si facile. Quand un criminel avoue son crime, cela prend plus de temps à cracher le morceau !

– Oui, je l'avoue. Maintenant, tu peux aller me dénoncer au directeur. C'est de ma faute si L'Harmonie risque de disparaître.

– Mais… mais… tu *veux* qu'on te dénonce ?

— Je n'aime pas vraiment la musique. Ce que j'aime, ce sont les mathématiques et les sciences. Mais mon père n'est pas d'accord. Il y a trois générations de musiciens dans ma famille et mon père voulait que la tradition se poursuive, mais ça ne m'intéresse pas.

J'en suis bouche bée. Cela explique pourquoi Jean-Daniel n'a jamais eu l'air très enthousiaste aux répétitions.

— Alors c'est toi qui as causé la panne d'électricité, dessiné les graffitis et provoqué l'explosion dans l'école ?

— Oui. Pendant ton solo, je suis allé à l'arrière-scène éteindre les lumières. Comme j'arrive plus tôt le matin, j'avais le temps de tout planifier. Mais quand j'ai fait mon dernier dessin dans le local, madame Perrier est arrivée juste au moment où je terminais. En partant rapidement, j'ai échappé mon étui à guitare mais je n'ai pas eu le temps de le reprendre. J'espérais que mon père apprenne que j'étais le seul responsable de ces actes et, pour me punir, confisque ma guitare pour l'année.

— Mais ça ne s'est pas déroulé comme tu voulais, n'est-ce pas ?

— Non. Je ne voulais pas que M. Massie pense que ses élèves étaient en danger et annule L'Harmonie, parce que je sais que vous aimez tous beaucoup la musique. Donc, j'ai fait d'autre vandalisme, en espérant que quelqu'un découvre celui qui avait fait ça. J'ai pourtant laissé beaucoup d'indices que c'était moi ! Par exemple, le livre de madame Perrier était dans le local de mathématiques, où je me retrouve souvent pour faire du tutorat.

— Et les bouteilles de peinture en aérosol dans la poubelle du directeur, c'est toi qui les as déposées là ?

— Les bouteilles ? Dans le bureau de M. Massie ? Non, ce n'est pas moi ! Je les cherchais justement après la danse ! Il a dû les jeter dans sa poubelle après le spectacle.

— Pourquoi tu ne parles pas à ton père ? Peut-être pourriez-vous en arriver à un compromis ?

— Je ne suis pas certain qu'il soit du même avis. Vois-tu, il croit vraiment que…

Tout à coup, j'entends un bruit sourd, comme si quelqu'un venait de se frapper la tête contre un mur, et un rire que je connais bien. Je me retourne et vois Maude qui sort d'une salle de pratique, les mains sur la tête.

— Sainte pinotte, maugrée-t-elle.

Jean-Daniel a un mouvement de recul.

— Qu'est-ce que vous faites ici ? questionne-t-il en apercevant Zoé, derrière Maude.

— Nous sommes les assistantes de Sherlock Holmes, ici présent ! s'exclame Zoé, en me désignant de la main.

Jean-Daniel sourit.

— Alors, c'est vous trois qui avez enquêté sur mon « cas » ?

– Eh oui, mon cher ! dit Maude en se tenant encore la tête. Ne crois-tu pas qu'il est temps d'aller rencontrer M. Massie ?

Jean-Daniel fait signe que oui.

– Je crois que nous avons beaucoup de choses à lui dire.

## Chapitre XII

# Jean-Daniel
# sauve L'Harmonie

Nous nous rendons au secrétariat, afin d'aller parler à M. Massie. Une des secrétaires, assise à son bureau, tape un texte à l'ordinateur. Ses lunettes en forme de demi-lunes sont perchées sur le bout de son nez et bougent quand elle tape un mot. Elle a l'air concentrée.

Maude toussote un peu, afin qu'elle s'aperçoive de notre présence.

– Oh ! pardonnez-moi, les jeunes ! dit-elle d'une voix haut perchée.

– Est-ce que nous pourrions rencontrer M. Massie ? demande Zoé.

– Oui, bien sûr, répond notre secrétaire ; avez-vous un rendez-vous ?

Zoé me regarde.

— Non, nous n'avons pas de rendez-vous. C'est très important, nous devons le voir aujourd'hui !

La secrétaire se lève de son pupitre et sourit faiblement.

— Bon, je vais voir s'il est occupé.

Nous attendons quelques minutes et entendons enfin la voix imposante de M. Massie.

— Bonjour Martin, Maude et Zoé ! Et toi… j'ai oublié ton nom ! dit-il en regardant Jean-Daniel.

Celui-ci est très mal à l'aise.

— Jean-Daniel, m'sieur, marmonne-t-il.

— Oui oui, tu es nouveau à l'école, dit notre directeur ; est-ce que je peux vous aider ?

Il nous invite à entrer dans son bureau.

À notre grande surprise, Jean-Daniel prend la parole le premier :

— Vous cherchez toujours un coupable pour le vandalisme fait depuis la rentrée ?

— Oui… oui… Est-ce que vous avez trouvé quelque chose ?

— En fait, dit Maude, nous avons même trouvé le responsable.

— Mais qui est-ce ? s'impatiente M. Massie, je veux savoir si mes élèves sont en danger ?

Jean-Daniel rit faiblement.

— Non, dit-il, ils ne le sont pas. C'est moi qui ai causé tous les dommages dans l'école, Monsieur. Je suis vraiment désolé.

M. Massie nous regarde, ahuri. Il n'a pas l'air content du tout. Jean-Daniel lui explique tout ce qu'il a fait, de la panne d'électricité aux graffitis, jusqu'à l'explosion, qui heureusement était sans réel danger. Il explique aussi qu'il voulait se faire coincer, pour que nous avertissions son père, et qu'il le prive de son instrument.

— Mes matières préférées sont les mathématiques et les sciences ! Pas la musique ! Tout le monde a droit à ses goûts, explique-t-il.

Le directeur secoue la tête, terriblement déçu.

— Dans mon école, dit-il sévèrement, les élèves ne commettent pas d'acte de vandalisme. Je n'en reviens pas ! Tu as pensé à toutes les conséquences, Jean-Daniel ?

Jean-Daniel baisse la tête.

M. Massie continue :

— Et les règlements de l'école stipulent que tout élève qui commet un acte de vandalisme doit être suspendu pour un minimum de trois jours ; mais dans ton cas, ce sera cinq jours. En plus, tu accompliras des travaux pour le personnel de l'école après les heures de classe pendant au moins un mois. Jean-Daniel, tu devras assumer les conséquences de tes actes.

Jean-Daniel grogne. Maude et moi faisons la grimace.

— Tu vas aussi aider M. Grégoire dans ses tâches de ménage et, surtout, tu l'aideras à nettoyer tous les dommages causés par tes actes. Nous allons bien sûr appeler ton père, et lui faire part de ce qui vient de se passer. Est-ce bien clair ?

Jean-Daniel acquiesce.

— Ça va, dit-il, je le mérite, je n'avais pas à rendre la vie misérable à tous les membres de L'Harmonie seulement parce que je ne voulais pas en faire partie.

— Bien, dit M. Massie, maintenant la cloche a sonné, vous avez des cours cet après-midi ! Jean-Daniel, je te demanderais de rester ici, je te prie.

Nous nous apprêtons à sortir du bureau de M. Massie quand, tout à coup, un détail me retient.

— M. Massie, est-ce que vous voulez encore éliminer l'ensemble musical pour cette année ?

M. Massie me regarde et semble réfléchir à sa réponse.

— Puisque tout danger est écarté, nous pourrons garder L'Harmonie !

— YOUPI !

Maude et Zoé me donnent des tapes amicales sur les épaules et Jean-Daniel me serre la main.

— Ouf ! j'avais peur de ne plus jamais montrer mes grands talents musicaux ! dis-je en faisant une imitation de Louis Armstrong lorsqu'il joue de la trompette.

Mes amis éclatent de rire.

# Chapitre XIII

# Le retour sur scène

JE vais chercher mes livres pour aller au cours de musique. Youpi ! Je vais pouvoir annoncer la bonne nouvelle à madame Perrier et aux autres membres de L'Harmonie ! Je tourne la poignée, et j'entre dans la salle. Ouf ! J'avais bien peur de ne plus mettre les pieds ici de l'année. Je suis content que M. Massie ait changé d'idée.

— Madame Perrier ! Madame Perrier ! Devinez quoi !

Tous les yeux des musiciens se tournent vers moi.

— Qu'est-ce qui se passe, Martin ? demande Jonathan.

— Je reviens du bureau de M. Massie. Il a changé d'avis ! Il veut garder L'Harmonie dans l'école !

Les élèves applaudissent et se ruent sur moi, heureux d'entendre cette bonne nouvelle.

— Merci, Martin !

— Bravo, Martin !

— Bien joué !

— Nous allons pouvoir continuer à jouer de la musique !

Madame Perrier demande aux élèves d'aller se rasseoir à leur place. Soudain, Francis s'écrie :

— Eh ! Ça n'a pas de bon sens !

— Quoi ?

— J'avais préparé une belle pétition avec 150 signatures pour convaincre M. Massie de garder L'Harmonie dans l'école ! J'ai tout fait ce travail pour rien !

Il rit, quand même déçu de ne pas avoir pu montrer de quoi il est capable.

— Ça va, dit Jonathan, au moins tu as mené ton projet jusqu'au bout.

— M. Massie aurait été fier de toi, dit Julia en souriant.

— Bon ! dis-je, où est mon saxophone ? J'ai besoin de me défouler !

Le lendemain, au cours de musique, madame Perrier annonce un événement qui aura lieu bientôt à notre école.

— Comme vous le savez, commence-t-elle, au dernier concert, nous avons éprouvé quelques ennuis. Mais M. Massie nous a demandé de faire un spectacle musical, afin de compenser les dégâts des derniers jours. Le spectacle mettra en vedette les talents de l'école en chanson, en musique, et tout autre talent artistique. Il aura lieu dans trois semaines.

— J'espère qu'il n'y aura pas une autre tête de mort ! dis-je.

Les musiciens hochent la tête. Ils ne veulent pas que leur concert soit gâché une fois de plus.

— Ne vous inquiétez pas, dit madame Perrier, j'ai parlé au directeur hier, et il m'a dit qu'il allait s'assurer que tout roule comme sur des roulettes.

— Parfait, alors mettons-nous au boulot ! lance Francis, en ouvrant son livre de musique.

# Chapitre XIV

# Que le spectacle débute !

*TROIS semaines plus tard...*

C'est la fin de l'après-midi et nous allons bientôt commencer le spectacle. Tous les musiciens sont à l'arrière-scène du gymnase, et Jonathan, Olivier et Danyk, notre nouveau bassiste, sont hypernerveux. Ils vont jouer une pièce entière chacun leur tour, aujourd'hui ! J'espère qu'ils vont bien réussir ! Je comprends un peu leur nervosité puisque, lors du premier concert, j'ai aussi fait un solo.

— Comment vous sentez-vous, les musiciens ? demande madame Perrier.

— Bien, merci ! dit Jonathan, je sens que ça va bien aller cette fois-ci. J'espère seulement qu'il n'y aura pas d'imprévus comme au dernier spectacle !

– Ouais, je suis d'accord avec toi, dis-je.

Les spectateurs entrent déjà dans la salle. Soudain, on me tapote l'épaule. Je me retourne, croyant que ce sont mes amies venues me souhaiter bonne chance. À mon grand étonnement, c'est M. Grégoire qui me regarde, sourire aux lèvres.

– M. Grégoire ! Vous êtes venu voir le concert ?

– Eh bien…

– Vous n'êtes plus fâché contre nous parce qu'on vous a faussement accusé ?

– J'étais un peu surpris, car je n'aurais jamais osé faire de tels dégâts. Surtout pas dans ma belle école propre ! Je passe des heures à la nettoyer !

Je souris. M. Grégoire gardera toujours son petit côté grincheux, mais au moins il ne va pas nous garder rancune de l'avoir soupçonné pour rien.

Quelques minutes plus tard, nous prenons place sur la scène. Zoé est avec son frère Dominic, qui est venu voir le spectacle, et Maude est avec sa petite sœur Gabrielle et son grand frère Alex. L'ambiance est magique et je suis heureux de me retrouver sur scène. Après avoir interprété toutes nos pièces, nous nous apprêtons à nous lever, quand madame Perrier nous fait signe de nous rasseoir et prend la parole au micro.

– Bonjour tout le monde ! J'espère que vous avez apprécié le spectacle !

Les gens applaudissent et quelqu'un siffle.

– Eh bien tant mieux ! Je voudrais maintenant vous offrir une pièce tout à fait spéciale. À la rentrée, nous avons présenté un concert pour bien accueillir les élèves à l'école, et j'espère que ceux qui étaient présents ont bien apprécié, même si les lumières se sont éteintes après le meilleur solo.

Elle me regarde et me fait un petit clin d'œil.

– C'est une pièce de jazz, poursuit madame Perrier, et ce soir, j'ai une surprise très spéciale pour vous. Nous aurons la chance d'entendre un merveilleux duo, c'est-à-dire deux musiciens. Martin Tremblay et un invité spécial.

Les autres musiciens me regardent, perplexes. Je fige sur place. Je suis le seul du groupe à pouvoir jouer ce solo, et madame Perrier ne m'a pas consulté !

– Mesdames et messieurs, je vous présente ce soir un musicien qui avait perdu tout intérêt pour la musique, mais qui, avec l'aide de nos musiciens ici ce soir, a retrouvé la magie des notes. Le voici, au trombone : le concierge de l'école, M. Albert Grégoire !

M. Grégoire ? Au trombone ? Quelle surprise ! Mois qui croyais qu'il détestait la musique. Et quel soulagement pour nous tous ! Cela explique pourquoi nous avons vu M. Grégoire déposer l'étui de l'instrument dans sa voiture.

M. Grégoire s'avance fièrement sur la scène, un trombone à la main. Il va nous démontrer que la musique, c'est magique… même si ça le dérange dans ses tâches à l'école !

Il attaque bel et bien la pièce musicale que je jouais en solo lors du premier spectacle et me fait signe de me joindre à lui. J'accompagne M. Grégoire de bon cœur, content qu'il se soit joint à nous.

## Chapitre XV

# La musique n'a pas d'âge

Après le spectacle, tous mes amis viennent me voir pour me féliciter de mon duo avec M. Grégoire. Celui-ci se tient bien droit à côté de madame Perrier, heureux d'être monté sur scène pour afficher ses talents.

— Vous formiez un duo remarquable, Martin ! me dit Maude.

— Avec l'aide d'un très bon joueur de trombone ! ajoute Zoé en me donnant un petit coup de coude.

— Je pense que c'était un concert super ! dis-je, et nous n'avons pas eu de panne d'électricité.

Alex, le frère de Maude, sort une lampe de poche de son sac à dos et me dit :

— Au moins, nous étions préparés !

Nous rions.

Soudain, j'aperçois un visage familier derrière Maude. Celle-ci se retourne.

– Jean-Daniel ! Mais qu'est-ce que tu fais ici ?

– Eh bien… dit-il, gêné, je suis venu voir le spectacle ! Même si la musique n'est pas ma matière préférée, j'ai toujours le droit d'assister au concert de mes amis, pas vrai ?

– Oui, bien sûr, dis-je en souriant, j'espère que tu as apprécié !

– Mais oui ! s'exclame Jean-Daniel, surtout le dernier morceau : le duo était fantastique !

– Eh ! Jean-Daniel, dit Zoé, est-ce que c'est réglé avec ton père, finalement ?

– Oui. Il était fâché à cause du vandalisme et de l'émoi que j'ai causés dans l'école. Aussi, il était un peu déçu car il croyait vraiment avoir un fils musicien… Par contre, il m'a dit qu'il me soutiendrait dans mes rêves et projets, et j'en suis bien content. Et toi, Maude, comment te débrouilles-tu en maths ?

Maude grimace encore !

– Bien, dit-elle, mais je vais encore avoir besoin de ton aide.

– Pas de problème.

Décidément, notre école regorge de talents en tout genre ! Nous sortons du gymnase et allons dans le local de musique afin de ranger mon saxophone.

– Ouais ! approuve Zoé. Tout cela m'a donné le goût de jouer de la musique !

Nous la regardons, pas certains d'avoir bien entendu. Zoé jouer de la musique ? Nous nous esclaffons.

— Mais non, je blague, je vais plutôt me concentrer sur mes enquêtes ! Résoudre des mystères, c'est toujours bon pour ma carrière de détective !

Nous avons bien du plaisir en pensant au merveilleux début d'année scolaire que nous avons eu, tous les trois.

# Table des matières